LE
CHOLÉRA ET LA PEUR

OU

GUERRE AUX ALARMISTES

ACTUALITÉ

PAR ARTHUR BERR DE TURIQUE

Auteur de l'*Échelle de Jacob*,

PRIX : 1 FRANC.

BESANÇON,

IMPRIMERIE DE VEUVE CHARLES DEIS,

GRANDE-RUE 43.

—

1854

LE CHOLÉRA ET LA PEUR

ou

GUERRE AUX ALARMISTES.

———

ACTUALITÉ.

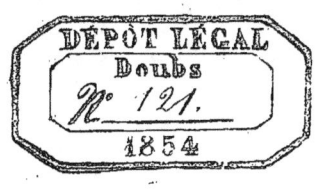
LE
CHOLÉRA ET LA PEUR

OU

GUERRE AUX ALARMISTES

ACTUALITÉ

PAR ARTHUR BERR DE TURIQUE

Auteur de l'*Échelle de Jacob*.

PRIX : 1 FRANC.

BESANÇON,

IMPRIMERIE DE VEUVE CHARLES DEIS,

GRANDE-RUE 43.

—

1854

LE
CHOLÉRA ET LA PEUR

OU

GUERRE AUX ALARMISTES.

L'Humanité, soumise aux foudres du Seigneur,

A des jours de désastre et des jours de bonheur...

La nation s'agite, et c'est Dieu qui la mène,

Que la gloire l'exalte, ou qu'un tyran l'enchaîne :

Le pauvre sous le toit où fume sa maison,

Le riche en son palais où brille son blason !

C'est l'immuable loi de la nature entière,

Qu'il n'est point de puissance, et point de force altière

Contre ce Dieu vengeur qui pardonne ou sévit,

Soit qu'on le méconnût, ou bien qu'on le servît.

. . . .

. . . .

Pourquoi ce crêpe noir s'épand-il sur le monde,

Changeant la paix de l'âme en tristesse profonde?

Des régions du GANGE où germe son miasme,

Le fléau fond sur nous. Soudain un mortel spasme

Pénètre dans la foule et frappe les esprits ! ! !

D'un pôle à l'autre pôle, à Pékin, à Paris,

Sur les aîles du vent, dans le sein de la terre,

Ou sur quelque élément qui pour nous est mystère,

Cet hydre insaisissable, horrible et menaçant,

Vient siffler ses poisons, décomposer le sang;

Puis, planant invisible au travers de l'espace,

Sème l'effroi, la mort par où son souffle passe.

Vainement la science a cherché jusqu'alors

La nature du mal qui ronge notre corps.

La médecine a fait des recherches sans nombre,

Mais elle marche encor à tâtons et dans l'ombre.

Pourtant si l'antidote au poison destructeur

N'est point encor sorti du cerveau d'un docteur,

Du moins est-il bien vrai que de nombreux essais
Ont enrayé du mal, les violents excès.
La science impuissante à remonter aux sources,
Emploie avec succès de son art les ressources,
Pour combattre le mal qu'elle ne connaît pas,
Et terrasser le Monstre avide de trépas !

On voit de toutes parts, dans le sein des familles,
Échapper à la mort hommes, femmes ou filles.
Lorsque le *Choléra* se glisse sous le seuil,
Il ne prend pas toujours avec lui son cercueil ! ! !...

Le courage, la force, une volonté ferme,
Triomphent fort souvent du fléau dans son germe.
C'est un combat mortel entre l'âme et la chair :
— Tuez votre ennemi, si le jour vous est cher ;
Raidissez votre corps, broyez votre souffrance,
Levez votre regard vers le ciel. L'espérance
Semble déjà sourire à votre grand effort,
Et vous voyez s'enfuir la mort, la pâle mort ! !...

Mais si faible d'esprit, une première atteinte

Jette dans tous vos sens la terreur et la crainte,

Si vous n'arrachez pas soudain de votre flanc

L'hydre au subtil venin qui corrompt votre sang,

Vous voyez aussitôt s'aggraver les symptômes

Du fléau qui grandit, semblable à ces fantômes

Dont les ombres, la nuit, le long des grands chemins,

Font toujours si grand'peur à nos petits gamins !...

A vos extrémités déjà le froid se glisse,

La crampe et le frisson commencent leur supplice ;

Le tube digestif, en ses tiraillements,

Exhale tout-à-coup d'âcres vomissements ;

Les entrailles ensuite, en crépitant murmure,

Craquent, en se choquant, au sein de la torture.

Votre teint se noircit d'un effroyable noir ;

Vos yeux ternes et creux sont horribles à voir,

Et le glas de la mort, en une couple d'heures,

Sonnent votre retraite aux dernières demeures.

Et tout cela, mon Dieu ! j'ai peine à le dire haut,

Parce que l'énergie à l'homme fait défaut.

Au seul penser de mort voyez comme il tressaille ?

Il se sent terrassé même avant la bataille !...

Il court interroger la publique rumeur,

Va vite s'enquérir de qui vit, de qui meurt,

Laisse venir à lui, pour les grossir encore,

De ridicules bruits qu'il savoure et dévore.

On dirait, sur l'honneur, que c'est plaisir à lui

De se donner le mal, le voyant chez autrui ;

Et qu'il n'est satisfait, en ses alarmes même,

Que du jour où déjà la peur le rend tout blême.

Les femmes pis encore. Au mot de CHOLÉRA,

En proie à la stupeur, d'un lugubre *hourra*

Elles font retentir les airs. Croquemitaine

Vient pour les dévorer toutes, et par centaine !!...

Qu'advient-il de ce bruit et de ces tristes cris ?

« *La montagne en travail enfante une souris !* »

L'exagération, ce monstre qui s'allonge,

De la vérité fait un effrayant mensonge;

On répète, on se dit à tous les carrefours

Que la *Peste* envahit la ville et les faubourgs,

Quand les hommes de l'art, dressant la statistique

Des malades atteints du mal épidémique,

Ont mis dans les journaux de la localité,

Qu'hormis deux ou trois cas de quelque gravité,

Le reptile écumant aux portes de la ville,

N'en avait point encore franchi le saint asile;

Lorsque l'autorité, par d'excellens moyens,

A rassuré l'esprit de ses concitoyens,

Prévenant, par une sage initiative,

La probabilité du mal,... s'il nous arrive;

Quand le prêtre, appelant l'assistance du ciel,

Pour vos immunités s'agenouille à l'autel;

Quand nos processions, en un concours immense,

Invoquent du Très-Haut la divine clémence;

Eh bien! le croirait-on? Les Bisontins ont peur!

Sur leurs traits, tout en blanc, se traduit leur stupeur!!!...

C'est inimaginable à se rendre bien compte

Des paniques frayeurs que chacun se raconte!

Au plus petit malaise, on grelotte d'effroi,

On fait chercher de suite un docteur... et pourquoi?

Le médecin arrive, et d'un mot il arrête

Le mal que la victime en sa frayeur se prête.

C'est vraiment puéril, et l'on en rirait bien,

Si pour guérir le mal c'était le bon moyen.

Mais je vous fais ici, sous forme de morale,

Cher lecteur, une assez forte mercuriale.

Veuillez la pardonner en faveur du motif:

Car c'est pour votre bien que je suis incisif.

D'ailleurs en finissant, et pour mon épilogue,

Laissez-moi vous conter un petit *apologue;*

Il produira sur vous plus d'effet, ce me semble,

Que les meilleurs conseils réunis tous ensemble.

La PESTE un jour voulant, en de lointains climats,

Visiter à son gré l'Europe et ses états,

De l'Asie où jadis était sa résidence,

Vint fondre en Angleterre, en Allemagne, en France.

Après avoir fauché, sans nulle autre façon,

Sur sa route une riche et nombreuse moisson,

Ennuyée à son tour de son pèlerinage,

Elle retourna vite en son lieu d'apanage,

Se promettant déjà, sans prendre du repos,

De faire à ses sujets payer un lourd impôt.

La PESTE arriva donc en sa ville natale,

A *Smyrne*, du fléau, classique capitale.

La porte était fermée, il faisait sombre nuit,...

Les cloches aux échos carillonnaient minuit !!...

— Ouvrez, dit son altesse au concierge, ouvrez vite...

Je suis d'ici, j'ai hâte à regagner mon gîte. —

Au bout de quelques instants survint le porte-clé.

Il regarde aussitôt qui l'avait appelé.

— Mahomet! se dit-il, c'est madame la PESTE !!!

En moins d'une seconde, et d'un rapide geste,

Refermant sur ses gonds la porte aux clous de fer :

— « Tu ne passeras pas, despote de l'enfer!...

Fit-il, se raidissant. — Eh quoi? L'on me résiste?

Prends garde! porte-clé, je te mets sur ma liste!...

Grommela la mégère avec ricanement,

Pendant que le vieillard priait mentalement.

— Allons! ouvre-moi donc, et pas tant de grimace;

Puisque tu me connais, sache me faire place!

Le cas était fort grave. — Eh bien! je vais t'ouvrir,

Reprit le porte-clé qui voulait discourir,

Essayant d'apaiser le *monstre* de la sorte.

Mais avant de franchir, malgré moi cette porte,

Dis-moi confidemment à l'oreille, tout bas,

Combien d'âmes tu veux. — Tu ne le sauras pas! —

— Ah! c'est un tort que d'être avec moi si discrète.

Quel est ton chiffre? Parle et que rien ne t'arrête.

— Eh bien, soit! je serai bonne fille avec toi...

Tu me promets du moins le secret? — Sur ma foi! —

— Écoute donc alors... Je prendrai DIX MILLE âmes!!...

— Jamais! j'aimerais mieux livrer la ville aux flammes!

Que te laisser passer pour cet horrible prix!!... —

Elle frappait du pied en dehors, la mégère,

Et tout envenimée aiguisait sa colère.

Le vieillard tout-à-coup se sentit chanceler.

— « Que faire ? se dit-il tout bas : Capituler. »

— Tu n'es pas raisonnable, et l'on ne peut s'entendre.

Ton tarif est trop cher, et tu veux trop prétendre.

Il faut diminuer la somme de moitié,

Et faire entre nous deux un pacte d'amitié.

Je t'ouvrirai la porte, et sur la foi promise,

Tu pourras distiller ton venin à ta guise.

Veux-tu ? — Soit ! dit la Peste, avide d'en finir.

Ouvre ! Quant au marché, je saurai le tenir. —

La *dame* se glissa, pareille à la couleuvre,

Et dès son arrivée, elle se mit à l'œuvre,

Au bout de quelques jours, c'était horrible à voir !

La ville tout entière était au désespoir ! !...

Chacun des survivants pleurait dans sa famille

Ou sa mère ou son fils, ou sa femme ou sa fille,

Et dans Smyrne on comptait jusqu'à dix mille morts ! ! !

Après ce beau travail, voulant l'air du dehors,

La Peste s'en alla du côté de la porte,

Pour fuir des moribonds la nombreuse cohorte.

— Oses-tu bien encor, impudente et sans foi,

Sans de honte rougir paraître devant moi ?

Exclama le portier de couleur écarlate. —

Puis, il prit des deux mains une immense pancarte

Où se trouvaient inscrits, l'un sur l'autre entassés,

Les noms et le total de tous les trépassés.

Mais la Peste sourit : — Insensé, lui dit-elle,

Au contrat entre nous j'ai su rester fidèle.

Dix mille morts ! c'est vrai ; mais cela fait pitié...

La PEUR en a tué tout juste la moitié ! ! !

ARTHUR BERR DE TURIQUE.

9 août 1854.